MW00744484

André-Jean Deffiénat

Synthèses de Pharmacie et de Chimie

Du cyanogène et de quelques-uns de ses composés

Anatiposi

André-Jean Deffiénat

Synthèses de Pharmacie et de Chimie

Du cyanogène et de quelques-uns de ses composés

Réimpression inchangée de l'édition originale de 1868.

1ère édition 2023 | ISBN: 978-3-38220-219-4

Anatiposi Verlag est une marque de Outlook Verlagsgesellschaft mbH.

Verlag (Éditeur): Outlook Verlag GmbH, Zeilweg 44, 60439 Frankfurt, Deutschland
Vertretungsberechtigt (Représentant autorisé): E. Roepke, Zeilweg 44, 60439 Frankfurt, Deutschland
Druck (Imprimerie): Books on Demand GmbH, In de Tarpen 42, 22848 Norderstedt, Deutschland

ECOLE SUPÉRIEURE DE PHARMACIE DE PARIS.

SYNTHÈSES

DE

PHARMACIE ET DE CHIMIE

PRÉSENTÉES ET SOUTENUES A L'ÉCOLE SUPÉRIEURE DE PHARMACIE

Le mardi 29 *décembre* 1868,

POUR OBTENIR LE TITRE DE PHARMACIEN DE PREMIÈRE CLASSE

André-Jean DEFFIÉNAT

Né à Saint-Laurent de la Prée (Charente-Inférieure).

DU CYANOGÈNE
ET DE QUELQUES-UNS DE SES COMPOSÉS

PARIS

A. PARENT, IMPRIMEUR DE LA FACULTÉ DE MÉDECINE

31, RUE MONSIEUR-LE-PRINCE, 31

1868

DU CYANOGÈNE

QUELQUES-UNS DE SES COMPOSÉS

Il est peu de corps et de combinaisons qui offrent un champ plus vaste et plus digne d'intérêt que le cyanogène et ses dérivés. Bien que son rôle, dans la plupart des combinaisons, se rapproche tellement de celui des métalloïdes, chlore, brome, iode, etc., qu'on ait cru devoir le classer parmi ces derniers, la versatilité de sa molécule dans les réactions chimiques en fait un corps tellement à part, qu'il pourrait plutôt, pour cette seule raison, être considéré comme leur correspondant dans la chimie organique.

On comprend dès lors la difficulté que doit présenter l'étude de pareils composés, difficulté rendue plus grande encore à l'étudiant par l'impossibilité où il se trouve le plus souvent de se livrer pratiquement à une étude sérieuse. Nous devons cependant rendre justice aux efforts qui ont été tentés, dans ces dernières années, dans le but de former la jeunesse des écoles aux manipulations chimiques, si utiles au double point de vue de la pratique et de la théorie.

L'École de pharmacie en a si bien compris l'importance, que, par une heureuse modification de son programme, elle a mis toute l'année ses laboratoires à la disposition des étudiants de troisième année, dont les études en chimie, déjà bien avancées par les savantes

Le bleu de Prusse soumis à l'ébullition dans l'eau donnera une liqueur se colorant en bleu par l'iode, s'il y a de l'amidon.

L'action des acides sur le bleu de Prusse donnera lieu à une effervescence, s'il contient du carbonate de chaux.

Enfin le sulfate de chaux étant sensiblement soluble dans l'eau, l'ébullition du bleu de Prusse dans ce liquide donnera une liqueur précipitant en blanc d'une part, par l'oxalate d'ammoniaque, et de l'autre par le chlorure de baryum.

Vu, bon à imprimer,

Le Directeur de l'Ecole de pharmacie,

BUSSY.

Vu et permis d'imprimer,

Le Vice-Recteur de l'Académie do Paris,

A. MOURIER.

A. Parent, imprimeur de la Faculté de Médecine, rue Mr-le-Prince, 31.

ÉCOLE SUPÉRIEURE DE PHARMACIE

ADMINISTRATEURS.

MM. Bussy, directeur,
      Buignet, professeur titulaire,
      Chatin, professeur titulaire.

PROFESSEUR HONORAIRE.
M. Caventou.

PROFESSEURS.		PROFESSEURS DÉLÉGUÉS
		DE LA
		FACULTÉ DE MÉDECINE
MM. BUSSY..............	Chimie inorganique,	
BERTHELOT..........	Chimie organique,	MM. BOUCHARDAT.
LECANU.............	Pharmacie,	RÉGNAULD.
CHEVALLIER.........		
CHATIN.............	Botanique,	
A. MILNE EDWARDS,	Zoologie,	
N..................	Toxicologie,	
BUIGNET...........	Physique,	
PLANCHON..........	Histoire naturelle des médicaments,	

AGRÉGÉS.

MM. Lutz.	MM. Grassi.
L. Soubeiran.	Baudrimont.
Riche,	Ducom.
Bouis.	

Nota.—L'École ne prend sous sa responsabilité aucune des opinions émises par les candidats.

A LA MÉMOIRE

DE MES PARENTS

———————

A MON TUTEUR

A MON FRÈRE

A M. GUÉRIN (DE LA ROCHELLE)

Mon premier maître en pharmacie

A MES PARENTS

A MES AMIS

NOTE DES PRÉPARATIONS

I. *Poudre d'euphorbe.*

Gomme-résine d'euphorbe.   250 gr.

II. *Huile de ricins.*

Ricins de France récents.   2000 gr.

III. *Huile de croton tiglium.*

Semences de croton tiglium.   500 gr.
Alcool a 80°.   1000

IV. *Teinture de cascarille.*

Cascarille en poudre, demi-fine. 250 gr.
Alcool à 80°.   1500

V. *Miel de mercuriale.*

Feuilles sèches de mercuriale. 250 gr.
Miel blanc.   1000

VI. *Acide prussique médicinale.*

Cyanure de mercure.   200 gr.
Chlorhydrate d'ammoniaque. 90
Acide chlorhydrique.   180

VII. *Cyanure de potassium.*

Ferrocyanure de potassium. 1000 gr.

VIII. *Cyanure ferroso-ferrique.*

Solution officinale de perchlorure
  de fer.   300 gr.
Ferrocyanure de potassium. 500

IX. *Cyanure de zinc.*

Sulfate de zinc pur.   200 gr.
Cyanure de potassium.   200

X. *Cyanure de mercure.*

Deutoxyde de mercure.   300 gr.
Bleu de Prusse.   400

leçons de MM. les professeurs de cette école, les mettent à même livrer avec fruit à leur étude favorite.

Moins heureux en cela que nos successeurs, nous prions MM. les examinateurs, à l'appréciation desquels ce travail est soumis, de vouloir bien nous accorder toute leur indulgence, en faveur de notre bonne volonté.

Notre but n'est point de présenter une compilation de tout ce qui a été fait ou dit sur le cyanogène et ses composés, car, outre que le temps et les matériaux nous font défaut, nous ne saurions donner à ce sujet toute l'importance qu'il mérite. En conséquence, nous avons donc dû, parmi tous les composés du cyanogène, faire un choix qui se rapportât le plus possible à la pharmacie : c'est pourquoi nous nous sommes arrêté au cyanogène, à l'acide cyan-hydrique, aux cyanures de potassium, de mercure, de zinc et au bleu de Prusse.

CYANOGÈNE

HISTORIQUE.

Le cyanogène, nommé encore azoture de carbone, tire son nom de la propriété qu'il possède de former du bleu de Prusse. Il fut découvert en 1814, par Gay-Lussac, qui étudiait les propriétés d'un corps connu alors sous le nom de prussiate de mercure.

PROPRIÉTÉS PHYSIQUES.

Le cyanogène est gazeux, incolore, d'une odeur forte et pénétrante assez agréable. Sa densité est 1,8064, son coefficient de solubilité dans l'eau 0,004, dans l'alcool 0,025; il n'est donc pas permanent. En effet ce gaz se liquéfie à — 30° à la pression ordinaire, et à 0° sous une pression de 4 à 5 atmosphères.

Le cyanogène liquide est incolore, très-mobile, susceptible de se prendre en une masse cristalline, par l'évaporation spontanée, ou le froid produit par l'évaporation d'un mélange d'acide sulfureux liquide et d'éther.

PROPRIÉTÉS CHIMIQUES.

Le cyanogène peut supporter une très-haute température sans se décomposer; mais, soumis à l'action de l'électricité, il se décompose en ses éléments, carbone et azote.

L'oxygène, à la température ordinaire, est sans action sur ce corps, mais sous l'influence d'un corps enflammé, comme une bougie, il brûle à l'air avec une belle flamme, pourpre à l'intérieur et verte à l'extérieur. Comme dans toutes les combustions, il s'est opéré une combinaison ; l'oxygène de l'air s'est combiné avec le carbone pour former de l'acide carbonique, tandis que l'azote est resté libre. Les effets sont bien plus énergiques, lorsqu'on présente à un corps enflammé un mélange de cyanogène et d'oxygène ; dans ce cas, les deux gaz se combinent instantanément, avec une vive détonation, qui souvent peut causer la rupture du vase. L'oxygène n'opère pas toujours la décomposition du cyanogène ; ces deux corps peuvent se combiner intégralement, et donner lieu aux acides cyanique HO,CyO, et cyanurique $3(HO,CyO)$.

Les métalloïdes, en général, ne se combinent pas directement avec le cyanogène, mais, par doubles décompositions, ils donnent des composés analogues à ceux que le chlore, le brome et l'iode peuvent eux-mêmes former.

Les chlorure, bromure, iodure de cyanogène, sont des corps qui ont entre eux les plus grandes analogies, et remarquables par leur grande volatilité.

Le phosphore peut aussi s'unir au cyanogène, mais cette combinaison est des plus énergiques et peut présenter de grands dangers.

Son action sur les métaux est plus directe. Chauffé avec du potassium dans un tube recourbé, il se combine avec lui en formant du cyanure de potassium.

Le fer en opère la décomposition : ainsi, lorsque dans un tube en porcelaine porté au rouge et contenant du fer, on fait passer un courant de cyanogène, le fer se recouvre d'un charbon très-léger, devient cassant, et rend libre une certaine quantité d'azote. Cette action du fer sur le cyanogène n'est pas la seule qu'on ait à considérer. Ces deux corps, en effet, peuvent se combiner sans décomposition, et donner lieu à des cyanures correspondant aux protoxyde et sesquioxyde de fer. Mais, de toutes ces réactions, les plus curieuses et les plus importantes sont celles qui donnent naissance à des radicaux métalliques composés, fonctionnant comme les métalloïdes.

Le cyanogène agit sur les alcalis comme le chlore, le brome et l'iode, c'est-à-dire qu'il donne lieu à un cyanure et à un cyanate alcalins. Si le cyanogène est en excès, il réagit alors sur les éléments de l'eau, comme nous le verrons plus loin. En général, le cyanogène décompose tous les oxydes et se substitue à l'oxygène ; on comprend donc qu'en agissant sur les carbonates, sous l'influence de la chaleur, il décompose ceux-ci et forme des cyanures correspondants.

L'eau, avons-nous dit, dissout 4 à 5 fois son volume de cyanogène. Cette dissolution est incolore, mais, abandonnée à elle-même, elle se colore peu à peu en brun, et laisse déposer une matière brune charbonneuse. De cette décomposition résulte de l'acide cyanhydrique, de l'oxalate, du formiate et du carbonate d'ammoniaque, de l'urée. C'est ce que l'on peut exprimer par les réactions suivantes :

$$C^2Az + 4 HO = AzH^4O, C^2HO^3$$
$$2 (C^2O^3, HO) = 2 CO^2 + C^2HO^3, HO.$$
$$2 (AzH^4O, CO^2) = 4 (HO) + C^2O^2Az^2H^4.$$
$$AzH^4O, C^2HO^3 = C^2AzH + 4 HO.$$

Quant au dépôt brun, il paraît être une combinaison définie du cyanogène avec l'eau. Vauquelin est le seul qui fasse mention de la formation d'une matière cristalline au sein d'une solution aqueuse et concentrée de cyanogène. Cette matière cristalline était d'un jaune orangé de forme dendritique, presque insoluble dans l'eau et dans une lessive de potasse, ne donnant point de bleu de Prusse, par son mélange avec la potasse et le sulfate de fer, inattaquable par les acides étendus. Cette matière est, pour lui, une combinaison de la substance brune ci-dessus avec le cyanogène : c'est le sous-cyanogène ou protocyanogène.

Les corps organiques agissent aussi sur le cyanogène. Ainsi, une solution aqueuse de cyanogène, sous l'influence de l'aldéhyde, est transformée en oxamide, sans décomposition de l'aldéhyde.

$$2 (C^2Az) + 4 (HO) = C^4H^4Az^2O^4.$$

Il n'en est plus ainsi lorsqu'on fait passer un courant de cyanogène dans l'aldéhyde brut. MM. Berthelot et Péan de Saint-Gilles ont remarqué que, dans ce cas, il se produit un abondant précipité blanc, pulvérulent, semblable à de l'oxamide, et qui a pour composition : $C^{12}H^{10}Az^4O^8$.

$$2 (C^4Az^2 + C^4H^4O^2 + 3 (H^2O^2) = C^{12}H^{10}Az^4O^8.$$

qui paraît répondre à une combinaison d'aldéhyde et d'oxamide.

$$C^4H^4O^2 + 2 (C^4H^4Az^2O^4) = C^{12}H^{10}Az^4O^8 + H^2O^2.$$

Composition, symbole, équivalent. — Pendant longtemps, le cyanogène a été considéré comme un corps simple, ce que justifiait parfaitement son rôle chimique, mais l'analyse a montré qu'il est réellement composé de deux métalloïdes, carbone et azote.

Dans un eudiomètre à mercure ordinaire, on introduit 2 volumes de cyanogène parfaitement pur et sec, et 5 volumes d'oxygène également pur et sec, puis on y fait passer une étincelle électrique. On ne remarque tout d'abord aucune combinaison, parce que le volume gazeux est resté le même ; mais, si l'on fait passer dans l'eudiomètre un morceau de potasse caustique, une absorption se manifeste aussitôt, et le volume gazeux se trouve réduit à 3. Il y a donc 4 volumes de gaz acide carbonique d'absorbés. L'oxygène en excès est absorbé soit par du phosphore, soit par un pyrogallate alcalin, et il reste 2 volumes d'un gaz ayant toutes les propriétés de l'azote.

En résumé, 2 volumes de cyanogène ont donc fourni 2 volumes d'azote et 4 volumes d'acide carbonique, correspondant à 2 volumes de vapeur de carbone, ce qui est une exception à cette loi de Gay-Lussac, qui dit que : à volumes égaux les gaz se combinent sans condensation, puisqu'ici ces 4 volumes sont condensés en 2 volumes de gaz cyanogène.

Ces résultats sont du reste confirmés par la considération des densités ; en effet :

0,8290, densité de la vapeur de carbone.
0,9713, densité de l'azote.

1,8003, qui est sensiblement la densité du cyanogène.

Comme équivalent, l'expérience a appris que 26 de cyanogène se combine avec 1 équivalent de potasse ou 1 équivalent d'hydrogène. Ce corps est donc formé en équivalents de :

$$
\begin{array}{ll}
2 \text{ équivalents de carbone} & = 12 \\
1 \text{ équivalent d'azote} & = 14 \\
\hline
& 26
\end{array}
$$

Il est représenté par le symbole Cy.

Dans cette analyse du cyanogène, il est bon d'ajouter au mélange gazeux une certaine quantité d'oxygène provenant de l'électrolyse de l'eau, dans le but d'activer et de faciliter la combinaison.

État naturel, préparation. — Le cyanogène n'existe pas à l'état de liberté dans la nature, mais il peut prendre naissance dans un grand nombre de circonstances, et notamment :

1° Par la calcination des matières azotées avec un carbonate alcalin, celui de potasse surtout. L'azote de la matière organique est transformé en ammoniaque, ou en son carbonate, et c'est ensuite ce dernier qui est décomposé par le charbon sous l'influence de la chaleur en cédant son azote.

2° En faisant passer un courant d'azote ou d'air atmosphérique, sur un mélange de charbon et de carbonate alcalin calciné. Plusieurs chimistes admettent, comme condition essentielle de réussite, la présence de l'eau, ou l'emploi d'un alcali hydraté. Il se forme alors de l'ammoniaque, et l'on est ramené au cas ci-dessus.

D'autres chimistes se sont assurés que l'eau ne jouait aucun rôle, et M. Langlois explique les résultats contraires par l'emploi de tubes vernissés intérieurement avec un verre contenant de l'oxyde de plomb. Ce dernier, paraît-il, détruit le cyanogène au fur et à mesure de sa formation.

C'est à ces différentes réactions, qu'on doit attribuer la formation du cyanure de potassium, dans les hauts fourneaux des forges de Clyde en Angleterre.

Le cyanogène se prépare en décomposant le cyanure de mercure par la chaleur.

On introduit quelques grammes de ce composé, bien desséché, dans une cornue en verre tubulée, munie d'un tube abducteur, qui se rend sous des éprouvettes pleines de mercure. L'appareil ainsi disposé, on place quelques charbons ardents sous la cornue, et l'on ne tarde pas à voir un gaz venir se rendre dans les éprouvettes et les remplir, tandis que le mercure, mis à nu, se volatilise dans le col de la cornue.

$$HgCy = Hg + Cy.$$

La réaction n'est pas toujours aussi nette que semble l'indiquer l'égalité ci-dessus. On remarque, en effet, au fond de la cornue un résidu noir, charbonneux, présentant une composition analogue à celle du cyanogène et que pour cette raison on appelle paracyanogène.

ACIDE CYANHYDRIQUE

$$HC^2Az = HCy = 27$$

Historique.

En 1752, Maquer traitant le bleu de Prusse par la potasse, était parvenu à lui enlever son principe colorant, auquel, vingt ans plus tard, Guyton et Bergmann donnèrent le nom d'acide prussique.

En 1782, Sheele parvint à isoler cet acide, mais étendu de beaucoup d'eau. Il le considéra comme formé d'ammoniaque, et d'une matière charbonneuse rendue subtile par une forte chaleur.

Plus tard, Bertholet reconnut, sans cependant l'affirmer rigoureusement, que c'était une combinaison de carbone, d'hydrogène et d'azote. A la même époque, Curaudeau admettait l'existence d'un radical prussique, qu'il appelait prussire, et dont la combinaison avec l'oxygène formait le véritable acide prussique. Cet acide n'acquérait la propriété neutralisante qu'aux dépens de l'oxygène, fourni par un oxyde métallique.

Enfin en 1810, Gay-Lussac ayant obtenu cet acide pur et anhydre, confirma les idées de Berthollet, en démontrant qu'il est réellement formé de carbone d'hydrogène et d'azote.

A notre époque, MM. Bussy et Buignet, par un examen attentif du procédé de Gay-Lussac, ont étendu encore le domaine de nos connaissances sur l'acide cyanhydrique.

Propriétés physiques.

L'acide cyanhydrique, nommé encore acide hydrocyanique, et primitivement acide prussique, du nom de bleu de Prusse d'où il a été retiré, est liquide, incolore, d'une odeur forte d'amandes amères; sa saveur, fraîche d'abord, ne tarde pas à devenir brûlante. C'est un des corps les plus vénéneux que l'on connaisse, et dont les effets toxiques sont les plus prompts. Il est moins lourd que l'eau, sa densité est de 0,696, il bout à 26°,6 et se congèle à — 15°. Sa tension de vapeur est telle, qu'il peut se solidifier en se volatilisant spontanément, sa densité de vapeur est 0,9476. Il rougit la teinture de tournesol.

L'acide prussique est soluble dans l'eau, l'alcool et l'éther. Sa dissolution aqueuse possède l'odeur d'amandes amères. Cette odeur disparaît lorsqu'on traite la dissolution par les hydrates alcalins. Il en est de même pour la solution alcoolique, mais l'odeur d'alcool qui était primitivement masquée se fait bientôt sentir. Si au lieu d'hydrates alcalins on emploie les carbonates, cette odeur ne disparaît pas, parce que l'acide cyanhydrique est trop faible pour chasser l'acide carbonique de ses combinaisons.

L'acide prussique brûle avec une flamme jaune à reflet bleuâtre.

La force élastique de sa vapeur à 13°,25 est 472 millièmes, et son indice de réfraction 1,263.

L'acide cyanhydrique, en dissolution dans l'eau, perd les 27 centièmes de la force élastique de sa vapeur à 13°,25, et la température du mélange baisse proportionnellement aux quantités d'eau et d'acide qui entrent dans le mélange.

Il n'y a donc pas combinaison des éléments de l'eau et de l'acide cyanhydrique, mais une simple affinité de solution. Le maximum d'abaissement de température a lieu lorsque l'eau et l'acide sont mélangés à poids égal. On remarque en même temps que le volume de mélange se contracte, et son maximum de contraction répond justement au maximum d'abaissement de température. L'indice de réfraction, tout en restant toujours plus faible que celui de l'eau, augmente avec les proportions de ce liquide et atteint son maximum, quand le mélange est fait dans les proportions de l'équivalent d'acide pour 3 équivalents d'eau.

Le bichlorure de mercure exerce également sur l'acide cyanhydrique étendu d'eau, une affinité de solution, en vertu de laquelle la force élastique du mélange est considérablement diminuée.

Beaucoup d'autres sels, tels que l'azotate de magnésie, l'azotate de potasse, l'iodure de potassium, l'azotate d'ammoniaque et l'acide tartrique, agissent comme le bichlorure de mercure sur une solution aqueuse d'acide cyanhydrique. D'autres sels au contraire, comme le chlorure de calcium anhydre, le chlorure de strontium cristallisé, le chlorure de calcium cristallisé, le sulfate de manganèse cristallisé etc. augmentent la force élastique d'une solution aqueuse d'acide cyanhydrique, ce qui s'explique par la grande affinité de ces sels pour l'eau. En résumé, dans l'action des sels sur une solution aqueuse d'acide cyanhydrique, il y donc deux causes à considérer.

1° L'affinité du sel pour l'eau, qui en rendant libre l'acide cyanhydrique, augmente la force élastique du mélange.

2° L'affinité de solution du sel pour l'acide, qui, en s'ajoutant à l'affinité de solution de l'eau, tend à diminuer cette même force élastique.

PROPRIÉTÉS CHIMIQUES.

La chaleur décompose l'acide cyanhydrique, mais imparfaitement; il se forme un dépôt de carbone, tandis que l'azote et l'hydrogène se dégagent avec une grande partie de l'acide non décomposé.

L'électricité décompose aussi l'acide cyanhydrique en ses éléments cyanogène et hydrogène. Le cyanogène se porte au pôle positif et l'hydrogène au pôle négatif. Le cyanogène joue donc comme le chlore, le brome et l'iode, le rôle de corps électronégatif.

L'oxygène est sans action sur l'acide cyanhydrique, à la température ordinaire ; mais, à une température plus élevée, il en opère la combustion avec production d'acide carbonique, d'eau et d'azote.

Le chlore agit sur l'acide prussique en s'emparant de son hydrogène pour former de l'acide chlorhydrique, tandis qu'il se combine au cyanogène rendu libre, pour former du chlorure de cyanogène.

$$3 \, (\text{HCy}) + \text{Cl}^6 = 3 \, (\text{HCl}) + \text{Cy}^3\text{Cl}^3.$$

Lorsqu'on fait passer un courant de chlore dans de l'acide cyanhydrique aqueux, il en résulte un composé liquide, volatil, d'une odeur irritante, peu soluble dans l'eau et précipitant la dissolution d'azotate d'argent. Ce produit a pour formule C^6AzHCl^2, c'est du chlorhydrure de cyanogène. L'eau, en présence des acides chlorhydrique, sulfurique, etc., s'unit aux éléments de l'acide cyanhydrique pour former du formiate d'ammoniaque.

$$\text{C}^2\text{AzH} + 4\,\text{HO} = \text{AzH}^4\text{O}, \text{C}^2\text{HO}^3.$$

Cette transformation explique comment il se fait que souvent on obtient avec peine de l'acide cyanhydrique par le procédé de Gay-Lussac.

L'acide prussique anhydre forme des combinaisons cristallines avec l'acide chlorhydrique, le bichlorure d'étain, mais ces combinaisons se décomposent immédiatement en présence de l'eau, avec production de formiate d'ammoniaque.

L'acide iodhydrique desséché se combine aussi avec l'acide cyanhydrique, il en résulte un composé blanc, jaunissant à l'air, soluble dans l'eau et dans l'alcool, sa formule rationnelle est

$$\text{Az} \left\{ \begin{array}{l} \text{CyH}'''. \ \text{C'est de l'iodure d'ammonium} \\ \text{H} \quad \text{dans lequel CyH}''' \text{ remplace H}^3 \end{array} \right. \qquad \text{Az} \left\{ \begin{array}{l} \text{H}^3 \\ \text{H} \\ \text{I} \end{array} \right.$$

Dans ce composé, les propriétés du cyanogène sont complétement masquées.

L'acide cyanhydrique est un corps peu stable, surtout lorsqu'il est concentré. Abandonné à lui-même, dans un flacon ouvert ou fermé, il se décompose spontanément et se transforme en une masse noire, solide, imparfaitement connue quant à sa nature, mais dans laquelle plusieurs chimistes ont cru reconnaître du paracyanogène. Gay-Lussac lui a donné pour formule C^6Az^3 et a exprimé ainsi sa production :

$$4 (C^2AzH) = AzH^4,C^2Az + C^6Az^2.$$

M. Boullay, qui paraît avoir le mieux étudié cette substance, la considère comme de l'acide azulmique, et formule ainsi la décomposition de l'acide cyanhydrique :

$$6 (C^2AzH) = AzH^4,C^2Az + 2 (C^5Az^2H).$$

L'acide prussique préparé par le procédé de Géa Pessina est bien plus stable que l'acide préparé par le procédé de Gay-Lussac, et dont la stabilité augmente avec les proportions d'eau qu'il peut contenir. Comme conséquence, on pourrait croire que cette stabilité tient à l'eau que renferme toujours l'acide de Géa Pessina, mais il n'en est rien.

MM. Bussy et Buignet ont préparé de l'acide cyanhydrique anhydre par l'un et l'autre procédé ; puis, faisant des essais comparatifs sur ces deux acides au 1/10, au point de vue de leur résistance à la lumière, ils ont été conduits aux conclusions suivantes :

1° L'acide cyanhydrique médicinal obtenu avec l'acide anhydre de Géa Pessina est plus stable que celui qu'on prépare avec l'acide de Gay-Lussac.

2° Cette stabilité n'est que relative et ne dépend nullement de l'eau que peut contenir l'acide.

3° La décomposition, commencée à la lumière, se continue d'elle-même à l'obscurité.

L'ammoniaque favorise beaucoup cette décomposition, c'est ce qui explique l'action conservatrice des acides, du phosphore et de l'alcool sur l'acide cyanhydrique.

Un mélange d'acide cyanhydrique, d'aldéhyde ammoniaque et d'acide chlorhydrique, soumis à l'action de la chaleur, se transforme en alanine $C^6H^7Az0^4$, et en chlorhydrate d'ammoniaque $C^4H^4O^2$, $AzH^3 + HCl + C^2AzH = C^6H^7Az0^4 + AzH^4, Cl$.

Le même mélange, soumis à l'influence des rayons solaires, donne lieu à une nouvelle base, l'hydrocyanaldine, $C^{18}Az^4H^{12}$.

L'acide cyanhydrique exerce une action toute particulière sur le protochlorure de mercure. Depuis longtemps déjà, on avait remarqué que le mercure doux associé à un looch, se décomposait sans qu'on pût expliquer le phénomène qui avait lieu. M. Mialhe, qui s'est occupé avec soin de cette réaction, dit qu'il se fait du mercure métallique, de l'acide chlorhydrique et du cyanure mercurique. L'acide chlorhydrique réagissant à son tour sur le cyanure de mercure donne lieu à de l'acide cyanhydrique et à du bichlorure de mercure ; de plus, par suite de réactions secondaires, il y aurait aussi production d'ammoniaque et d'acide formique.

MM. Bussy et Buignet ne partagent pas cette opinion ; pour ces chimistes, la réaction est bien plus simple, le protochlorure de mercure se trouve réduit ; il en résulte du mercure métallique et du bichlorure de mercure. C'est ce qui explique la coloration grisâtre que prend le looch ainsi additionné.

Caractères spécifiques. — L'acide cyanhydrique forme dans les dissolutions d'azotate d'argent, un précipité blanc, caillebotté de cyanure d'argent, insoluble dans l'acide azotique froid, mais soluble dans l'acide bouillant, avec dégagement d'acide cyanhydrique.

Il réduit l'azotate de protoxyde de mercure, en donnant naissance à du mercure métallique et à du cyanure de mercure qui reste en dissolution. Lorsque dans une liqueur contenant de l'acide cyanhydrique, on sature cet acide par de la potasse, l'addition d'un mélange de sulfate de protoxyde et de sesquioxyde de fer y donne lieu à un précipité bleu et rougeâtre, mais devenant d'un beau bleu en ajoutant quelques gouttes d'acide chlorhydrique, pour enlever le sesquioxyde de fer qui s'est précipité. Cette même liqueur chauffée avec du sulfhydrate d'ammoniaque, jusqu'à siccité, dans un verre de montre, donne du sulfocyanure d'ammonium, colorant en rouge intense les sels de sesquioxyde de fer et un précipité blanc dans les sels de cuivre.

1868. — Deffiénat.   à

Dans les sels de bioxyde de cuivre, l'acide cyanhydrique forme un précipité vert jaunâtre de bicyanure de cuivre. Ce précipité se décompose avec le temps en cyanogène, qui se dégage, et en protocyanure de cuivre qui est blanc.

Etat naturel. — *Formation.* — L'acide cyanhydrique n'existe pas à l'état de liberté dans la nature. Longtemps on l'a cru tout formé dans certains végétaux de la famille des rosacées ; mais depuis les travaux de Robiquet et de Boutron-Charlard sur les amandes amères, les chimistes sont à peu près tous d'accord sur la non-préexistence de l'acide cyanhydrique. Cet acide serait le résultat de l'action de l'eau sur l'amygdaline, sous l'influence d'un ferment particulier, l'émulsine.

$$C^{40}H^{27}AzO^{22} + 4(HO) = C^{14}H^6O^2 + C^2AzH + 2C H^{12}O^{12}.$$

Amygdaline.　　　　Eau.　　　Hyd. de benz.　　Ac. cyanhydriq.　　　Glucose.

Ce qui s'opère ici sous l'influence de la fermentation glucoside, peut aussi avoir lieu sous l'influence de la fermentation ordinaire. C'est pourquoi l'on a constaté la présence de l'acide cyanhydrique dans des médicaments magistraux, ayant subi un commencement de fermentation alcoolique, et dans lesquels la matière organique se trouvait en présence d'un alcali. L'acide cyanhydrique prend aussi naissance dans la préparation de l'éther nitrique alcoolisé, de la pharmacopée de Londres, surtout si l'on fait intervenir l'action de la chaleur. Ceci ne doit pas surprendre, car il est bien reconnu maintenant que dans la préparation des fulminates, l'alcool qui en provient contient toujours de l'acide cyanhydrique. Enfin, cet acide prend encore naissance par l'action de l'acide azotique sur les corps gras, et récemment, MM. Vogel jeune et Reischœuer, ont découvert la présence de l'acide cyanhydrique dans la fumée de tabac. On comprend dès lors l'importance que peuvent avoir de pareilles observations au point de vue médical et hygiénique, et la nécessité de n'employer les médicaments magistraux que récemment préparés.

D'après toutes ces considérations et l'analogie de symptômes et de lésions organiques provenant, d'une part, d'un empoisonnement par l'acide cyanhydrique, et de l'autre du choléra-morbus des Indes, on peut se demander si, dans ce dernier cas, la mort n'est pas causée par une production spontanée d'acide cyanhydrique.

Préparation. — 1° Procédé de Gay-Lussac.

Ce procédé est basé sur l'action de l'acide chlorhydrique sur le cyanure de mercure.

$$HgCy + HCl = HgCl + HCy.$$

L'appareil se compose d'une cornue de verre tubulée et communiquant par son col à un long tube de verre contenant du marbre dans le premier tiers de sa longueur, le plus près de la cornue, et du chlorure de calcium desséché dans les deux autres tiers. Ce tube lui-même est mis en rapport par un tube d'un plus petit diamètre, avec un flacon plongeant dans de la glace.

L'appareil étant bien luté, on introduit dans la cornue par la tubulure, du cyanure de mercure parfaitement sec, puis tout l'acide chlorhydrique qui doit servir à l'opération : on opère le mélange et on bouche la tubulure de la cornue.

En chauffant légèrement la cornue, la réaction ne tarde pas à s'opérer, il se forme du bichlorure de mercure qui reste dans la cornue et de l'acide cyanhydrique qui se volatilise, entraînant avec lui un peu d'acide chlorhydrique et de la vapeur d'eau. L'acide chlorhydrique est retenu par le marbre, et la vapeur d'eau par le chlorure de calcium, tandis que l'acide cyanhydrique se condense dans le long tube qui, dans ce but, est aussi entouré de glace. Lorsqu'on juge que l'acide s'y trouve en assez grande quantité, on enlève la glace qui recouvre le tube, puis, à l'aide d'une douce chaleur, on fait passer l'acide cyanhydrique dans le flacon. On recommence ainsi à plusieurs reprises jusqu'à ce que la quantité d'eau entraînée soit trop considérable pour pouvoir être retenue par le chlorure de calcium. Ce procédé, lorsqu'il est bien conduit, donne un acide très-pur, anhydre, mais d'une conservation difficile. L'acide ainsi obtenu représente environ les 67/100 de la quantité théorique.

Cette perte peut provenir de deux causes : d'abord de l'action de l'acide chlorhydrique en présence de l'eau sur l'acide cyanhydrique, action qui donne lieu, comme nous l'avons vu, à de l'acide formique et de l'ammoniaque, laquelle en présence de l'acide chlorhydrique et du sublimé, forme du sel alembroth ; ensuite, de l'affinité de solution du sublimé corrosif sur l'acide cyanhydrique, affinité en vertu de laquelle la force élastique de l'acide cyanhydrique se trouve diminuée. Pour obvier à cet inconvénient, MM. Bussy et Buignet ont eu l'heureuse idée d'ajouter à cette préparation l'équivalent de chlorhydrate d'ammoniaque, pour l'équivalent de cyanure ; il se forme alors du sel alembroth qui est sans action sur l'acide cyanhydrique. Le résultat répond parfaitement à la théorie, car, par ce procédé, on obtient 95 0/0 de la quantité théorique qui est de 20, 6 0/0 du poids de cyanure de mercure. Tel est maintenant le procédé du codex.

2° *Procédé de Géa Pessina.*

Géa Pessina, pharmacien à Milan, avait pour but, dans ce procédé, d'obtenir un acide de force constante et d'une conservation facile.

Ce procédé, qui n'est autre que l'application des idées de Lampadius et de Brugnatelli sur l'extraction de l'acide cyanhydrique du cyanure jaune, consiste à traiter ce dernier sel en poudre, par un mélange de 9 parties d'acide sulfurique pour 12 d'eau.

L'acide et le sel sont introduits dans une cornue tubulée, communiquant avec un ballon également tubulé et muni d'un tube abducteur, qui va plonger dans de l'eau distillée.

L'appareil ainsi disposé et luté avec soin, est abandonné à lui-même pendant 12 heures. Au bout de ce temps, le ballon est entouré de glace, et le col de la cornue refroidi avec des linges mouillés, tandis que le fond est chauffé légèrement à l'aide de quelques charbons incandescents. L'acide cyanhydrique se dégage et vient se condenser dans le ballon : on continue à chauffer tant que l'on aperçoit des stries liquides sur le col de la cornue, ou jusqu'au moment où une matière bleue menace de passer dans le récipient.

La réaction s'opère entre 7 équivalents de cyanure jaune, 12 équivalents d'acide sulfurique et 12 équivalents d'eau ; ces derniers sont décomposés, et l'oxygène se portant sur le potassium du cyanure jaune, il en résulte 12 équivalents de potasse qui, avec l'acide sulfurique, donnent 12 équivalents de sulfate de potasse. Par suite de cette décomposition, le cyanogène et l'hydrogène se trouvant libres, se combinent et donnent naissance à 12 équivalents d'acide cyanhydrique. Il reste donc dans la cornue tout le cyanure de fer, combiné avec les 2 équivalents de cyanure de potassium, qui n'ont pas été décomposés.

$$7 \, (K^2, FeCy^3) + 12 \, (SO, 3HO) = 12 \, (KO, SO^3) + 12 \, (HCy) + (K^2Cy^2, Fe^7Cy^7).$$

Par ce procédé, Pessina n'a résolu que la moitié du problème. L'acide est bien, en effet, d'une conservation facile, mais il est étendu d'une quantité d'eau qui varie à chaque opération. Sa densité est de 0,898 à 0,900.

Ce procédé fournit 19 0/0 d'acide cyanhydrique du cyanure jaune employé, quand la théorie en indique 21,9 0/0. Il présente donc un avantage réel sur le procédé de Gay-Lussac, qu'il peut, du reste, parfaitement remplacer pour la préparation de l'acide cyanhydrique anhydre.

Il suffit pour cela de mettre la cornue en communication avec un tube contenant du chlorure de calcium desséché.

En outre de ces procédés, beaucoup d'autres ont été indiqués pour la préparation de l'acide cyanhydrique. Le plus ancien, qui est celui de Sheele, mérite seul d'être cité, parce que c'est pour ce procédé qu'il isola le premier l'acyde cyanhydrique.

Il faisait bouillir dans de l'eau distillée, pendant quelques minutes, un mélange d'oxyde rouge de mercure et du bleu de Prusse : il obtenait ainsi une liqueur tenant en dissolution du cyanure de mercure, et c'est ensuite cette liqueur qu'il traitait par l'acide sulfurique et le fer à une douce chaleur. Le produit de la distillation était, comme on le voit, une solution aqueuse d'acide prussique.

Après ce procédé, le plus important est celui de Vauquelin, basé sur la décomposition du cyanure de mercure par l'acide sulfhydrique. Tous les autres procédés, outre qu'ils sont loin de fournir un acide d'une force constante, présentaient encore l'inconvénient d'introduire dans cet acide des corps étrangers, comme le procédé de Clark, par exemple. C'est sans doute pour avoir été préparé par le procédé de Proust que l'acide cyanhydrique du commerce doit de contenir quelquefois du mercure.

Synthèse. — Jusqu'en ces derniers temps la synthèse de l'acide cyanhydrique ne pouvait se faire que par l'action de l'ammoniaque sur le chloroforme : ces deux corps représentent en effet tous les éléments de l'acide cyanhydrique, et de leur combinaison résultent de l'acide cyanhydrique d'une part et de l'acide chlorhydrique d'une autre :

$$C^2HCl^3 + AzH^3 = C^2AzH + 3HCl.$$

Il y a quelques jours M. Berthelot a opéré plus directement la synthèse de cet acide, en soumettant à l'action de l'étincelle électrique un mélange d'acéthylène et d'azote. Ces deux gaz se combinent à volumes égaux sans condensation.

$$C^4H^2 + 2Az = 2(C^2AzH).$$

Composition. — *Equivalent.* — *Symbole.* — La composition de cet acide se détermine de la manière suivante :

Dans une cloche recourbée, contenant un volume déterminé

d'acide cyanhydrique gazeux, on chauffe un fragment de potassium. Il se forme du cyanure de potassium, et le volume gazeux, diminué de moitié, présente toutes les propriétés de l'hydrogène. Donc, un volume d'acide cyanhydrique gazeux, est formé de 1/2 volume de cyanogène et 1/2 volume d'hydrogène : c'est ce que l'on peut vérifier par les densités :

> 0,0346, demi-densité de l'hydrogène.
> 0,9043, demi-densité du cyanogène.
> —————
> 0,9389, densité de la vapeur d'acide cyanhydrique.

Pour établir l'équivalent de cet acide, on l'a combiné avec l'ammoniaque, et on a trouvé que 4 volumes de ce gaz, ou l'équivalent, exigent 4 volumes d'acide cyanhydrique, ce qui correspond à HCy — 27.

Propriétés médicinales. — L'acide cyanhydrique est un des corps les plus vénéneux que l'on connaisse ; une seule goutte de cet acide concentré, déposée sur la langue d'un chien, suffit pour causer une mort presque instantanée ; chez l'homme, 3 gouttes peuvent produire le même effet, mais pour des animaux de forte taille comme un cheval, on peut aller jusqu'à 11 gouttes d'acide de Scheele sans que mort s'ensuive. L'animal tombe alors comme foudroyé, et lorsqu'il revient à lui après onze minutes environ, on le voit tourner sur lui-même, la tête penchée vers la terre pendant quelques minutes. Administré à petites doses, il donne lieu chez l'homme à des phénomènes de céphalalgie, d'abattement et d'éréthisme nerveux. Il a été employé successivement contre les maladies des centres nerveux, l'épilepsie, la phthisie pulmonaire, le cancer, etc.

L'acide cyanhydrique n'est jamais administré tel que le donnent les procédés : son énergie d'une part et l'état plus ou moins grand de dilution sous lequel on l'obtient, ont suggéré à Magendie la formule suivante

> Acide cyanhydrique de Gay-Lussac.... 1 gr.
> Eau distillée...................... 8,25

Ou en volume :

Acide cyanhydrique de Gay-Lussac....   1

Eau distillée.........................   6

Cette formule, adoptée par le codex de 1837, a été remplacée, par le codex de 1867, par la formule :

Acide cyanhydrique anhydre.........   1 gr.

Eau distillée......................   9

beaucoup plus rationnelle.

L'eau de laurier-cerise étant la forme la plus habituelle sous laquelle on emploie l'acide cyanhydrique, nous allons en dire quelques mots.

Le laurier-cerise est un bel arbrisseau de la famille des rosacées, tribu des drupacées : ses feuilles, soumises à la distillation avec de l'eau, donnent une eau distillée, dont l'odeur rappelle celle des amandes amères. Elles ne renferment cependant pas d'acide cyanhydrique libre ni d'essence d'amandes amères, et l'amygdaline y fait aussi défaut ; mais Winkler y a trouvé un principe amer qui, par son mélange avec un lait d'amandes douces, dégage une odeur analogue à celle que répand l'amygdaline dans les mêmes conditions.

D'après M. Simon de Berlin, les feuilles de laurier-cerise ne contiennent pas d'amygdaline, mais un principe analogue, que leur enlève l'alcool absolu. Elles contiennent en outre une matière, qui non-seulement jouit de la propriété de développer l'odeur d'amandes amères, par son mélange avec le principe ci-dessus, mais qui se comporte comme l'émulsine vis-à-vis de l'amygdaline.

Selon M. Lepage, les feuilles sèches du laurier-cerise contiennent un principe insoluble dans l'eau froide, soluble dans l'eau bouillante ou dans l'alcool, et qui se comporte aussi comme l'amygdaline.

Comme on le voit, le principe qui, dans les feuilles de laurier-cerise, remplit le rôle de l'amygdaline, est loin d'être connu d'une manière satisfaisante.

Winkler est le seul qui ait émis l'idée de l'existence d'une amyg
daline amorphe, qui ne serait alors qu'une variété de l'amygdaline
cristallisée. Toutefois, d'après ce chimiste, ce ne serait encore
pas l'amygdaline amorphe qui existerait dans les feuilles de laurier-cerise, mais bien une combinaison du benzoïle hydrogéné
contenant de l'acide cyanhydrique, et accompagné de son principe
amer particulier.

L'odeur de l'eau distillée de laurier-cerise tient à une huile volatile vénéneuse contenant de l'acide cyanhydrique, et dont les
propriétés sont analogues à celles de l'huile volatile d'amandes
amères.

Les feuilles de laurier-cerise paraissent contenir une certaine
quantité de cire végétale, à l'époque où la végétation commence
à reprendre. Elles fournissent alors peu ou presque pas d'huile
volatile par la distillation ; plus tard, la quantité de cire végétale
diminue, mais l'huile volatile et l'acide cyanhydrique fournis par
la distillation sont plus abondants.

Il résulte donc de ces faits que la cire végétale subit, pendant
la végétation, une modification qui la rend propre à former de
l'huile volatile et de l'acide cyanhydrique.

La quantité d'huile volatile et par suite d'acide cyanhydrique
fournie par les feuilles de laurier-cerise, ne doit donc pas être la
même à toutes les époques de l'année. Pour le Nord de la France,
en y comprenant même le climat de Paris, il y a peu de diffé-
rence ; mais il n'en est plus ainsi pour le Midi, où la végétation
étant beaucoup plus active, les variations doivent être beaucoup
plus considérables : aussi, le moment le plus favorable pour le
Midi est-il le mois de mai. Pour le climat de Paris, cette époque
comprend les mois de juillet et d'août. Dans tous les cas, il faut
toujours choisir de préférence l'époque qui précède la fructification.
Il n'est pas non plus indifférent d'employer les feuilles fraiches ou
les feuilles sèches, les premières sont bien préférables.

Le codex conseille de retirer un poids d'eau distillée égal à celui des feuilles employées. On a ainsi un médicament actif, mais dont l'activité peut varier cependant d'après les considérations ci-dessus. L'eau distillée de laurier-cerise contient généralement de 25 à 53 milligrammes d'acide cyanhydrique par 30 grammes d'eau. Beaucoup d'auteurs prétendent que cette quantité d'acide cyanhydrique diminue à la longue, mais il paraît certain que dans des flacons bien bouchés, elle peut se conserver des années entières sans perte sensible.

Cependant comme cette eau contient un principe très-actif, il est plus prudent de ne l'employer qu'après avoir dosé ce dernier.

DOSAGE DE L'ACIDE CYANHYDRIQUE.

Le procédé le plus simple de dosage de l'acide cyanhydrique consiste à précipiter un poids déterminé de cet acide, étendu par un excès d'une solution d'azotate d'argent. Le précipité de cyanure d'argent qui se forme est recueilli sur un filtre lavé, séché avec soin, puis pesé. Du poids de cyanure d'argent obtenu on déduit facilement celui de l'acide cyanhydrique. En effet :

$$134 \text{ de AgCy représente} \ldots\ldots\ldots 27 \text{ de Hcy.}$$
$$1 \quad - \quad - \quad \ldots 27/134$$

Donc, chaque partie de cyanure d'argent représentera $\frac{27}{134}$ ou 0,201 d'acide cyanhydrique.

Procédé de Liebig. — Liebig a rendu le dosage de l'acide cyanhydrique beaucoup plus expéditif, par l'usage de liqueur titrée.

Son procédé est basé sur la propriété que possède le cyanure de potassium en excès, de dissoudre le cyanure d'argent, lequel se précipite aussitôt que la liqueur contient un cyanure double d'argent et de potassium à équivalents égaux.

On prépare une liqueur d'essai avec 3 grammes 13 d'azotate d'argent sec, et 96 grammes 87 d'eau distillée, ou mieux on fait une solution représentant un volume de 100 centimètres cubes.

Pour doser ensuite l'acide cyanhydrique avec cette liqueur, on prend 10 centigrammes de l'acide à essayer, et l'on y ajoute une solution de 10 centigrammes de potasse caustique dans 5 grammes d'eau distillée environ, et quelques gouttes d'une dissolution de sel marin, puis à l'aide d'une burette graduée en dixièmes de centimètre cube, contenant de la liqueur d'essai, on verse de cette liqueur dans le mélange, jusqu'à ce que le précipité cesse de dissoudre. On lit alors sur la burette le nombre de divisions employées : chaque division représente 1 milligramme d'acide cyanhydrique.

Procédé de M. Buignet. — Ce procédé est basé sur les réactions suivantes : lorsque dans une solution quelconque, contenant de l'acide cyanhydrique et un excès d'ammoniaque, on vient à verser une solution de sulfate de cuivre, on ne remarque aucune coloration stable, parce qu'il se forme un cyanure double d'ammoniaque et de cuivre, incolore et soluble dans la liqueur ; mais aussitôt que tout le cyanure d'ammoniaque est passé à l'état de cyanure double, il se forme par l'addition d'une goutte de la solution de sulfate de cuivre du sulfate de cuivre ammoniacal qui colore la liqueur en bleu.

La liqueur d'essai se prépare en dissolvant 23 gr. 09 de sulfate de cuivre cristallisé et pur, dans une quantité d'eau suffisante, pour avoir 1000 centim. cubes de solution. Chaque centimètre cube correspond à 1 centigramme d'acide cyanhydrique. Pour opérer avec cette liqueur, on prend un volume déterminé de l'acide à essayer, auquel on ajoute un léger excès d'ammoniaque, puis à l'aide d'une burette, graduée en dixièmes de centimètres cubes, on verse la liqueur d'essai dans l'acide ainsi préparé, jusqu'à ce qu'il apparaisse une teinte bleue persistante. Le nombre de divisions de la burette indique en milligrammes la quantité d'acide cyanhydrique qui se trouvait dans le liquide à essayer.

Altérations. — *Falsifications.* — Il a été question précédemment de l'altération que l'acide cyanhydrique peut éprouver spontanément : il en est encore d'autres qui résultent de son mode de préparation. Ainsi il peut contenir de l'acide chlorhydrique, de l'acide sulfurique, de l'acide tartrique, de l'acide formique, du mercure, du plomb, des matières étrangères, qu'il est bon de pouvoir reconnaître.

L'acide chlorhydrique sera décelé par l'azotate d'argent, qui donnera un précipité insoluble dans l'acide azotique bouillant.

L'acide sulfurique donnera avec le chlorure de baryum un précipité insoluble dans les acides. L'acide tartrique se reconnaîtra par l'acide sulfurique sous l'influence de la chaleur: il y a alors coloration brune de la liqueur, ou encore par l'odeur de caramel que répandrait la carbonisation du résidu laissé par l'évaporation de l'acide.

L'acide formique peut se constater facilement en agitant l'acide à essayer avec du bioxyde de mercure. Si l'acide est pur, l'oxyde se dissout complétement ; mais s'il y a de l'acide formique, il se forme un précipité grisâtre.

Le sulfhydrate d'ammoniaque fera reconnaître la présence du mercure ou du plomb par la formation d'un précipité noir. Pour distinguer ces deux métaux, on prend dans une capsule une petite portion de l'acide à essayer, qu'on additionne d'acide azotique: quelques gouttes de cette liqueur placées sur une lame de cuivre bien décapée, puis chauffées, produiront par le frottement une tache blanche, s'il y a du mercure. Pour reconnaître le plomb, on évapore cette même liqueur à siccité, on reprend par l'eau, on filtre et l'on essaye cette solution par les réactifs ordinaires du plomb, sulfate de soude, iodure de potassium, etc.

Si l'acide était remplacé par l'eau concentrée d'amandes amères, comme cela est arrivé quelquefois, il suffirait pour reconnaître cette substitution d'en chauffer une certaine portion dans un tube en plaçant au-dessus un papier bleu de tournesol qui ne devrait pas changer de teinte: dans le cas contraire, l'acide cyanhydrique en se volatilisant ferait virer ce papier au rouge.

CYANURES.

Nous avons vu le radical cyanogène se combiner avec l'hydrogène et donner lieu à un hydracide analogue aux acides chlorhydrique, bromhydrique, etc. Or, de même que dans ces hydracides l'hydrogène peut être remplacé par un métal, de même, dans l'acide cyanhydrique, nous pouvons substituer à l'hydrogène un métal quelconque, et il en résulte une nouvelle classe de composés, auxquels on a donné le nom de cyanures. Les cyanures sont donc la combinaison du radical cyanogène: avec un métal, ils répondent généralement, quant à la quantité de cyanogène, aux oxydes du même métal.

Les cyanures alcalins et terreux, le cyanure de mercure, sont seuls solubles dans l'eau et cristallisables: ils sont inodores, leur saveur rappelle un peu celle de l'acide cyanhydrique. La chaleur les décompose difficilement, mais après la fusion d'un assez bon nombre, cyanures alcalins, les autres sont décomposés en leurs éléments, métal et cyanogène : Ex. : cyanure de mercure, mais le plus souvent le cyanogène est lui-même décomposé. Il y a alors dégagement d'azote et formation d'un carbure métallique: c'est ce qui a lieu pour les cyanures métalliques proprement dits.

Soumis à l'ébullition dans l'eau, ils se décomposent avec dégagement d'ammoniaque et production d'un formiate.

$$KC^2Az + 4 HO = AzH^3 + KO,C^2HO^3.$$

Les cyanures alcalins sont des corps réducteurs puissants, qui ont une grande tendance à s'unir aux cyanures métalliques: pour former des cyanures doubles; traités par l'acide chlorhydrique, les cyanures sont décomposés et dégagent de l'acide cyanhydrique. A l'air libre, et sous l'influence de l'acide carbonique et de l'eau, les cyanures alcalins sont décomposés et répandent une odeur d'amandes amères.

Chauffés avec du soufre jusqu'à fusion, puis traités par une solution alcaline, les cyanures donnent un liquide ayant la propriété de colorer en rouge les sels de sesquioxyde de fer.

Fondus dans l'hydrate de potasse, puis traités par l'eau, ils fournissent un liquide colorant en bleu, une solution de protoxyde et de sesquioxyde de fer, après sursaturation par l'acide chlorhydrique.

CYANURE DE POTASSIUM.

Propriétés physiques et chimiques. — Le cyanure de potassium est un corps blanc, solide, cristallisable en cube, soluble dans l'eau en toute proportion, insoluble dans l'alcool absolu, mais soluble dans l'alcool étendu. Dans ce cas, sa solubilité augmente avec les proportions d'eau que contient l'alcool. Ce corps possède une réaction alcaline, et répand une odeur prononcée d'acide cyanhydrique, par suite de la décomposition lente qu'il subit à l'air, sous l'influence de l'humidité et de l'acide-carbonique.

$$KCy + CO^2 + HO = KO,CO^2 + HCy.$$

Soumis à l'action de la chaleur, il entre d'abord en fusion, peut se maintenir en cet état pendant quelque temps au rouge blanc, mais à la fin, il se décompose, en dégageant de l'azote et donnant lieu à un carbure de potassium, qui, en présence de l'eau, se décompose avec dégagement d'hydrogène et formation de potasse caustique. Une solution aqueuse, soumise pendant quelques instants à l'ébullition, se transforme en ammoniaque et en formiate de potasse.

Le cyanure de potassium soumis à une haute température, avec un excès de potasse, donne lieu à un dégagement d'hydrogène, d'ammoniaque, et à un résidu de carbonate de potasse, par suite de la décomposition du formiate de potasse, qui prend d'abord naissance. Se fondant sur ces réactions M. Geiger conseille de traiter par l'alcool à 78° le cyanure de potassium obtenu par la méthode ordinaire. On agite bien, on jette le tout sur un filtre et

on exprime entre des feuilles de papier sans colle, puis on dessèche rapidement à une douce chaleur, dans une capsule.

Le formiate de potasse, très-soluble dans l'alcool, est entraîné
par ce liquide, tandis que le carbonate de potasse s'emparant de
l'eau d'hydratation, se dissout et est ensuite retenu par le papier.

Le cyanure de potassium en fusion, soumis à l'action de la pile,
se décompose en ses éléments : le potassium se rend au pôle négatif et peut être recueilli en plongeant rapidement cet électrode
dans l'huile de naphte. Il est nécessaire, dans ce cas, que les
électrodes soient en charbon, car sans cela, il se formerait au-
tour du pôle négatif un dépôt de potassium et de platine.

L'iode se combine avec le cyanure de potassium et donne lieu à
un corps cristallin, qui est l'iodocyanure de potassium, décompo-
sable par la chaleur en iodure de cyanogène et en iodure de potassium ; à une très-haute température, il y a production de va-
peurs violettes, tandis qu'il reste dans la cornue de l'iodure de
potassium et un résidu de paracyanogène.

Certains métaux, tels que le fer, le cuivre, le zinc, etc., dégagent de l'hydrogène dans une solution de cyanure de potassium.
D'autres, comme l'or, l'argent se dissolvent en présence de l'air
ou de l'oxygène. Enfin, il en est, comme l'étain, le platine, le mercure qui sont sans action sur ce sel en solution.

Le cyanure de potassium se comporte de différentes manières
avec les dissolutions métalliques.

Aucun métal de la première section ne se combine avec le cyanogène du cyanure de potassium, mais il en est d'autres, comme
le calcium, le baryum, le strontium, qui sont complétement précipités, à l'état de carbonates, par suite du carbonate alcalin qui se
forme par la décomposition du cyanate contenu dans le cyanure
de potassium. Le plomb, le bismuth sont dans le même cas ; l'aluminium est précipité à l'état d'hydrate d'alumine.

L'étain et l'antimoine ne forment pas non plus de combinaison :
une partie se trouve précipitée à l'état d'oxyde hydraté, et l'autre

partie reste en dissolution. D'autres se combinent avec le cyanogène et donnent lieu à des cyanures métalliques insolubles dans
l'eau, mais qui s'y dissolvent, en formant une combinaison binaire
avec le cyanure de potassium. Cette combinaison est décomposée
par les acides, qui s'emparent du potassium, et précipitent le cyanure métallique ; le fer, le manganèse, le cobalt font exception.

Enfin le mercure donne lieu à un cyanure de mercure soluble.

Ces réactions font voir de quelle utilité peut être le cyanure
de potassium dans l'analyse chimique. Ce corps est encore un
agent réducteur puissant. Ainsi, vient-on à chauffer un minerai,
oxyde ou sulfure, avec du cyanure de potassium additionné de
carbonate de potasse, pour retenir l'alumine et le silice, le minerai se trouve réduit et le cyanure de potassium est transformé en
cyanate de potasse, ou en sulfocyanure de potassium.

Le manganèse fait exception.

Lorsqu'on chauffe un sel de cobalt avec du cyanure de potassium et de l'acide cyanhydrique en excès, il se forme un cobalto-
cyanide de potassium, sur lequel les acides et la chaleur sont sans
action. Les sels de nickel sont, au contraire, précipités. Ce précipité,
soluble dans un excès de cyanure alcalin, peut être décomposé
par l'acide sulfurique.

C'est sur ces réactions qu'est fondée la séparation de ces métaux.

Préparation. — Le cyanure de potassium n'existe pas dans la
nature, c'est un produit de l'art. Les principaux procédés de pré-
ration sont ceux de Robiquet, de Wiggers et de Liebig.

1° *Procédé de Robiquet.* — Ce procédé consiste à décomposer le
cyanure jaune par le feu.

On commence par dessécher parfaitement ce sel pour éviter la
formation de carbonate et d'hydrocyanate d'ammoniaque. Ainsi
desséché, le cyanure jaune pulvérisé est introduit dans une cornue de grès munie d'un tube en verre recourbé, à angle droit, et
plongeant à peine dans l'eau. La cornue, placée dans un fourneau

à reverbère, est amenée progressivement au rouge et on la maintient ainsi tant qu'il y a dégagement de gaz, ce qu'il est facile de voir par le déplacement de l'eau qu'il produit à sa sortie du tube. Lorsque le dégagement se ralentit, on donne un bon feu, pour amener la cornue au rouge blanc, et lorsqu'il n'y a plus aucun dégagement, on enlève le tube, on bouche la cornue et on laisse refroidir. Cassant ensuite la cornue, on trouve dans le fond une couche cristalline et compacte de cyanure de potassium, recouverte par une scorie noire de carbure de fer et de cyanure de potassium.

Quelquefois ces deux couches ne sont pas séparées; il y a alors une masse noire, formée des deux produits ci-dessus et que l'on désigne sous le nom de cyanure de potassium charbonneux.

$$K^2,Fe(C^2Az)^3 = 2(K,C^2Az) + FeC^2 + Az.$$

Le codex conseille l'emploi d'un creuset de fonte muni de son couvercle, et fait verser la masse en fusion sur un tamis de fer disposé sur un autre creuset également en fonte et chauffé dans un fourneau. Le carbure de fer reste sur le tissu métallique, tandis que le cyanure de potassium passe seul.

Le procédé de Robiquet présente plusieurs inconvénients. Si la chaleur n'a pas été assez forte, il reste du cyanure jaune non décomposé, qui se retrouve nécessairement dans le cyanure de potassium. La température a-t-elle été trop élevée, le cyanure de potassium se décompose à son tour, comme nous l'avons dit précédemment. Le cyanure de potassium charbonneux n'est pas employé généralement à cet état. Pour le retirer du carbure de fer, auquel il se trouve mélangé, on est dans l'habitude de traiter la masse par l'eau, mais cette opération est très-difficile ou plutôt très-délicate, car on ne peut éviter que par l'évaporation d'une solution aqueuse de cyanure, même dans le vide, une partie de ce sel se décompose en ammoniaque, acide formique et dégagement d'acide cyanhydrique, de sorte que le cyanure de potassium contient alors du formiate de potasse, de la potasse et du carbonate de potasse.

A l'air libre, il y a encore formation d'ammoniaque, d'acide cyanhydrique et de carbonate alcalin.

On évite tous ces inconvénients en épuisant la masse charbonneuse par de l'alcool que l'on retire par distillation. Il ne reste plus ensuite qu'à achever rapidement l'évaporation dans une capsule.

2° *Procédé de Wiggers.* — Ce procédé consiste à faire arriver un courant d'acide cyanhydrique dans une solution concentrée de potasse caustique, dans de l'alcool à 95°.

Il se forme du cyanure de potassium qui se précipite. Il en résulte une sorte de bouillie qu'on jette sur un linge : on exprime et l'on fait sécher promptement à une douce chaleur.

L'appareil est le même que celui que l'on emploie pour la préparation de l'acide cyanhydrique anhydre, par le procédé de Géa Pessina.

3° *Procédé de Liebig.* — Dans la préparation du cyanure de potassium, par le procédé de Robiquet, on perd ordinairement un tiers du cyanogène que contient le cyanure jaune. Pour diminuer cette perte, Liebig a indiqué le procédé suivant :

Dans un creuset de Hesse, chauffé au rouge, on jette un mélange de huit parties de cyanure jaune desséché, et trois parties de carbonate de potasse sec. Le mélange entre bientôt en fusion ; de brun, il devient jaune, puis incolore. On retire alors le creuset du feu, on le laisse un peu refroidir et on l'agite une ou deux fois, pour faire tomber un peu de fer qui se trouve à la surface de la masse liquide. On décante, on laisse refroidir et on a ainsi un mélange de cyanure de potassium et de cyanate de potasse dans le rapport de 5 à 1.

$$2 \, (\text{FeCy}, 2\,\text{KCy}) + 2 \, (\text{KO}, \text{CO}^2) = 5 \, (\text{KCy}) + \text{KO}, \text{CyO} + \text{Fe}^2 + 2 \, (\text{CO}^2).$$

Ce procédé, comme on peut le voir en comparant les deux réactions, donne un quart de plus de cyanure que celui de Robique, et comme le cyanate ne nuit en rien aux phénomènes de réduction des minerais et de séparation des métaux par le cyanure de potassium, il s'ensuit qu'il est plus avantageux.

Composition. — Le cyanure de potassium est composé d'un équivalent de potassium 39,14, d'un équivalent de cyanogène 26, il a donc pour équivalent 65,14 et pour symbole Cy. $= Ke^2 Az$.

Usages. — Le cyanure de potassium présentant toutes les propriétés médicinales de l'acide cyanhydrique, est souvent employé comme succédané de cet acide. Il sert dans l'analyse chimique soit comme agent réducteur, soit comme agent de séparation. Mais sa meilleure application est, sans aucun doute, celle qu'il a reçue dans la dorure et l'argenterie galvaniques, ainsi que dans la photographie.

Altérations. — Le cyanure de potassium abandonné à l'air se décompose, comme nous l'avons vu, en carbonate de potasse que l'action des acides peut facilement déceler. Il peut contenir quelquefois du cyanure jaune, provenant de sa préparation ; on le reconnaît par le précipité bleu qu'il donne avec les sels de sesquioxyde de fer. Enfin, comme le cyanure jaune peut contenir lui-même du sulfate de potasse, ce dernier se retrouve dans le cyanure de potassium à l'état de sulfure de potassium, et peut être décelé par un sel de plomb. Il se forme un précipité noir de sulfure de plomb.

Le cyanure de potassium est donc loin d'être pur : on pourrait le doser, d'après les procédés que nous avons indiqués pour le dosage de l'acide cyanhydrique, mais on fait le plus souvent usage du précédent, dû à Fordos et Gélis.

Procédé de Fordos et Gélis. — Ce procédé repose sur la propriété que possède une solution de cyanure de potassium, de décolorer une solution d'iode dans l'alcool ou dans l'iodure de potassium, ce qui s'explique facilement par la formation d'un iodure alcalin et d'un ioduro de cyanogène.

$$KCy + I^2 = KI + ICy.$$

La liqueur normale se prépare avec 44 grammes d'iode que l'on dissout dans une quantité d'alcool à 33°, suffisante pour avoir un litre de solution.

On prend une quantité déterminée du cyanure à essayer, 50 centig. par exemple, que l'on dissout dans 50 grammes d'eau. On étend cette solution de 200 à 250 centimètres cubes d'eau de seltz dans le but de transformer les carbonates en bicarbonates pour éviter toute cause d'erreur ; puis, à l'aide d'une burette graduée en dixièmes de centimètre cube, on y verse la solution normale goutte à goutte, jusqu'à ce que la coloration jaune que l'iode communique soit persistante. Le nombre de divisions employées, indiquant en milligrammes la quantité d'acide cyanhydrique correspondant au cyanure, il est facile de déterminer la quantité de ce dernier.

CYANURE DE MERCURE.

$$HgCy = 126.$$

Propriétés physiques et chimiques. — Le cyanure de mercure est un corps blanc, solide, cristallisé en prismes rhomboïdaux, soluble dans l'eau, d'une saveur métallique désagréable : c'est un violent poison.

A 15°, 100 parties d'eau en dissolvent 5,47 et 37 à 100°. L'alcool à 15° en dissout 1/10 de son poids et 3/10 à l'ébullition. Sa densité est 2,76.

Le cyanure de mercure parfaitement pur et sec, soumis à l'action de la chaleur, entre d'abord en fusion, puis se décompose en cyanogène et en mercure métallique.

L'acide chlorhydrique le décompose, il se forme de l'acide cyanhydrique et du bichlorure de mercure. Les autres hydracides agissent de la même manière.

L'acide azotique est sans action sur ce corps, l'acide sulfurique.

ne l'attaque qu'avec peine, encore faut-il qu'il soit concentré et aidé de la chaleur. Il se transforme alors en une matière semblable à de la colle d'amidon, d'odeur cyanique, que la chaleur décompose en ammoniaque, acide sulfureux, acide carbonique et sulfate mercurique.

$$HgC^2Az + 4 (SO^3,HO) = AzH^4O,SO^3 + 2SO^2 + 2CO^2 + HgO,SO^3.$$

Cette matière se dissout dans un excès d'acide sulfurique, se trouble par l'addition d'eau, puis redevient claire. Pour expliquer ce phénomène, on admet que le cyanure de mercure forme avec l'acide sulfurique un sel soluble dans cet acide concentré, mais insoluble dans l'acide étendu. L'eau, ajoutée en excès, décompose ce corps en ses éléments, et voilà pourquoi la liqueur redevient claire.

Le chlore, le brome et l'iode décomposent le cyanure de mercure sec, donnent lieu à des chlorure, bromure, iodure de cyanogène, et à des chlorure, bromure de mercure.

$$HgCy + Cl^2 = HgCl + CyCl.$$

L'action du chlore sur le cyanure de mercure, en solution dans l'eau sous l'influence des rayons solaires, est bien différente. M. Bouis a, dans ce cas, obtenu un liquide jaune, huileux, insoluble dans l'eau, soluble dans l'alcool et dans l'éther, détonnant avec facilité et qui a pour formule $C^8 Az^4 Cl^8 + C^4 Cl^6$.

Ce corps résiste à l'action des alcalis, mais il peut se combiner à l'oxyde de mercure et donner lieu à un oxycyanure de mercure très-soluble dans l'eau.

Le phosphore décompose aussi le cyanure de mercure, mais cette réaction n'est pas sans danger. Le cyanure de mercure présente une grande tendance à s'unir aux composés halogéniques des métaux alcalins et alcalino-terreux : il en résulte des composés doubles, cristallisables, parfaitement définis. C'est ce que l'on peut vérifier facilement en versant une solution de cyanure de mercure dans une solution d'iode. Il se forme bientôt de belles pail-

lettes argentines de cyano-hydrargyrate d'iodure de potassium, au
lieu du bi-iodure rouge qui se forme généralement dans ce cas
avec les sels de bioxyde de mercure.

Lorsqu'on mêle deux dissolutions saturées d'azotate d'argent et
de cyanuré de mercure, on obtient de petits cristaux blancs peu
solubles dans l'eau froide, plus solubles dans l'eau bouillante,
solubles dans l'alcool, et que Wohler considère comme une combinaison d'azotate d'argent et de cyanure de mercure, dans laquelle
l'azotate d'argent jouerait le rôle de corps élcetro-négatif. Voilà
encore une anomalie du cyanure de mercure qu'il est bon de
connaître.

La formule véritable du composé ci-dessus est 2 (Hg Cy) AzO³,
AgO + 4 Aq.

Le chlorhydrate de strychnine s'unit de même au cyanure de
mercure, et le sel double qui en résulte a pour formule Str,
H Cl + 4 Hg Cy.

PRÉPARATION.

1° *Procédé du codex.* — Ce procédé est basé sur l'action de l'oxyde
rouge de mercure sur le bleu de Prusse.

$$(3 FeCy, 2 Fe^2Cy^3) + 9 HgO = 3 FeO + (2 Fe^2O^3) + 9 HgCy$$

Ces deux corps, réduits en poudre très-fine, sont soumis à
l'ébullition avec de l'eau dans une capsule de porcelaine. Le mélange, de bleu qu'il est d'abord, devient d'un brun clair ; on jette
alors la liqueur sur un filtre, on opère une nouvelle décoction, on
filtre, on réunit les liqueurs qu'il suffit ensuite de concentrer,
pour faire cristalliser le cyanure de mercure.

Lorsque les liqueurs sont colorées, c'est un indice qu'elles contiennent un excès de fer ; on enlève ce dernier, en le faisant bouillir de nouveau avec de l'oxyde rouge de mercure, qui achève de
précipiter le fer en excès. Si, dans cette opération, on n'a pas employé un excès d'oxyde rouge de mercure, on doit obtenir de belles
aiguilles cristallines : dans le cas contraire il s'est formé un oxycya-

nure de mercure, et la cristallisation se présente en mamelons.
Alors, pour enlever l'excès d'oxyde de mercure, on dissout le sel
dans l'eau, et l'on fait passer un courant d'acide sulfhydrique
dans la liqueur, jusqu'à ce qu'elle répande une légère odeur d'acide
cyanhydrique. L'acide sulfhydrique décompose d'abord l'oxyde de
mercure de l'oxycyanure, en donnant lieu à de l'eau et à du sulfure noir de mercure; puis, il porte son action sur le cyanure
lui-même, en produisant à cette fois de l'acide cyanhydrique qui
se manifeste par son odeur, et indique ainsi que tout l'oxyde de
mercure en excès a disparu. Il ne reste plus qu'à filtrer les liqueurs
et à les concentrer, pour obtenir du cyanure de mercure pur.

L'acide cyanhydrique remplirait encore le même but, et même
présenterait cet avantage, que tout le mercure de l'oxyde, au lieu
d'être transformé en sulfure, serait converti en cyanure.

2° *Procédé de Winckler.* — Par ce procédé on prépare le cyanure
de mercure en attaquant directement l'oxyde rouge de mercure,
par l'acide cyanhydrique de Géa Pessina. On agite le mélange de
ces deux corps, jusqu'à disparition d'odeur cyanique et dissolution complète de l'oxyde. La liqueur contient alors de l'oxycyanure
de mercure, que l'on décompose par l'addition d'une nouvelle
quantité d'acide cyanhydrique. On filtre, on évapore et l'on fait
cristalliser. Dans ce procédé, il est préférable d'employer l'hydrate
d'oxyde de mercure, obtenu par la décomposition d'un sel mercurique par la potasse.

3° *Procédé de Liebig.* — Le procédé de Liebig consiste à faire
bouillir dans l'eau, pendant un quart d'heure, un mélange de
ferrocyanure de potassium et de sulfate mercurique. La liqueur,
filtrée et concentrée, laisse déposer de belles aiguilles cristallines.

La simplicité de ce procédé laisse cependant à désirer, pour la
pureté du produit, car, d'après la réaction, il se forme en même
temps du sulfate de potasse et du sulfate de fer, que nous retrou-
vons nécessairement avec le cyanure.

$$K^2,FeCy^3 + 3 (HgO,SO^3) = 3 HgCy\ 2 KO,SO^3 + FeO,SO^3$$

M. Dominé conseille alors pour éliminer ces deux sels, d'évaporer les liqueurs jusqu'à siccité à une douce chaleur, puis de reprendre le résidu par de l'alcool à 90 degrés qui dissout le cyanure de mercure seul.

Composition, symbole équivalent. — La composition du cyanure de mercure correspond à celle du bichlorure ; il est donc formé de 1 équivalent de mercure 100, et de 1 équivalent de cyanogène 26. Son équivalent est par conséquent 126, et son symbole Hg Cy= HgC^{2}Az.

Usages. — Le cyanure de mercure est un antisyphilitique puissant, présentant, paraît-il, sur le sublimé, les avantages de ne causer ni salivation, ni cardialgie, ni diarrhée. Il sert en chimie à préparer le cyanogène et l'acide cyanhydrique.

Altérations. — Le cyanure de mercure est quelquefois altéré, d'après son mode de préparation, par du sulfate de potasse, du sulfate de fer, du cyanure jaune.

La présence des sulfates sera décélée par le précipité que formera le chlorure de barium dans une solution de ce sel. La même solution sera bleue par le cyanure rouge de potassium s'il y a du sulfate de fer ; quant au sulfate de potasse, il sera reconnu en décomposant le cyanure de mercure par la chaleur, traitant le résidu par l'eau, pour dissoudre le sulfate de potasse, qui sera décélé dans la liqueur par les réactifs ordinaires des sels de potasse.

Le cyanure jaune, que l'on y rencontre aussi, formera un précipité bleu dans les sels de sesquioxyde de fer.

CYANURE DE ZINC.

$$ZnCy = 59$$

Le cyanure de zinc est solide, blanc, amorphe, inodore, insipide, insoluble dans l'eau et dans l'alcool, soluble dans l'ammoniaque avec laquelle il forme une combinaison cristalline parfaitement définie. Les acides le décomposent en produisant de l'acide cyanhydrique. Une température élevée en opère également la décomposition en donnant lieu à un dégagement d'azote et à la formation d'un carbure de zinc.

PRÉPARATION.

1° *Procédé du codex.* — Ce procédé est des plus simples : il consiste à mêler une dissolution de sulfate de zinc, à une dissolution de cyanure de potassium préparée à froid. Il se forme, par double décomposition, du sulfate de potasse et du cyanure de zinc, qui se précipite : on le recueille sur un filtre, on le lave bien à l'eau distillée, jusqu'à ce que les eaux du lavage ne contiennent plus trace de sulfate de potasse : on le fait ensuite sécher à l'étuve.

Le cyanure de zinc, préparé par le procédé du codex, contient souvent du sulfure de zinc qui a pris naissance, par suite du sulfure de potassium qui se trouve souvent dans le cyanure de potassium du commerce. Un pareil cyanure, traité par l'acide chlorhydrique donnera lieu à un dégagement d'acide sulfhydrique qui, si on le reçoit dans une solution d'azotate d'argent, formera un précipité grisâtre, par son mélange avec le cyanure d'argent, qui se précipite en même temps.

2° *Procédé de Liebig.* — On attaque du zinc à chaud par de l'acide acétique : il se forme une dissolution d'acétate de zinc, dans laquelle on fait passer de l'acide cyanhydrique, ou bien à laquelle on ajoute une dissolution de cet acide. D'après les lois de Berthollet, le cyanure de zinc étant insoluble, se précipite, tandis que l'acide acétique est mis en liberté. Il ne reste plus qu'à laver avec soin à l'eau distillée, pour enlever tout l'acide acétique, et à faire dessécher.

3° *Procédé de Corriol et Berthemot.* — Le cyanure de zinc obtenu par double décomposition étant rarement identique avec lui-même, par suite de la difficulté d'obtenir du cyanure de potassium parfaitement pur, Corriol et Berthemot ont proposé de préparer ce corps en attaquant directement l'oxyde de zinc par l'acide cyanhydrique. Ils prennent de l'oxyde de zinc sublimé, qu'ils délayent dans l'eau et soumettent à l'action d'un courant d'acide cyanhydrique, ou y versent une *solution* de cet acide, en agitant pour opérer le mélange, jusqu'à ce que l'odeur d'acide cyanhydrique persiste: il ne reste plus qu'à jeter la bouillie sur un filtre, à laver et à dessécher.

Composition. — Le cyanure de zinc est composé de 1 équivalent de zinc, 39, et 1 équivalent de cyanogène 26, son équivalent est donc 59 et son symbole $ZnCy = ZnC^2Az$.

Usages. — Le cyanure de zinc a été employé dans les mêmes cas que le cyanure de potassium : de plus on l'a préconisé beaucoup dans les maladies vermineuses des enfants, les crampes d'estomac, où il peut avoir peut-être le plus d'efficacité, et les névralgies faciales.

TOXICOLOGIE DE L'ACIDE CYANHYDRIQUE ET DES CYANURES.

La recherche de l'acide cyanhydrique dans un cas d'empoisonnement est très-délicate sinon impossible, si, comme le pense Orfila, cet acide peut prendre naissance pendant la décomposition spontanée des matières organiques. Jusqu'à présent, ces faits ne sont généralement pas admis. Ce qu'il y a de certain, c'est que cet acide peut se former, comme nous l'avons vu, par l'action de l'acide azotique sur les corps gras et en général sur les matières organiques. L'alcool provenant des capsuleries de l'Etat nous en fournit un exemple. L'acide cyanhydrique et les cyanures, en général, appartiennent à cette classe de poisons qu'on appelle *poisons narcotiques.* Ces poisons ne laissent aucune trace de lésion pathologique dans l'économie animale et par conséquent ne peuvent être soupçonnés que par les caractères physiologiques qu'a présentés le sujet. Ainsi dans un empoisonnement par ces corps, il n'y a ni irritation de la bouche ou de l'œsophage, ni douleurs vives, ni vomissements opiniâtres, mais un engourdissement profond, accompagné de stupeur, de somnolence de vertiges, de douleurs vagues, qui font pousser des gémissements sourds. On peut encore remarquer une sorte d'ivresse, du délire, des mouvements convulsifs, légers d'abord; puis violents. Enfin pour l'acide cyanhydrique et les cyanures, on peut joindre à tous ces symptômes l'odeur si caractéristique de ces composés, l'engorgement des gros vaisseaux et des poumons, par un sang noir et très-fluide, le développement remarquable des cryptes muqueuses de l'estomac, etc.

La première marche à suivre dans un empoisonnement de ce genre, est de tirer parti de la grande volatilité de l'acide cyanhydrique.

Les produits suspects sont d'abord divisés convenablement, s'il en est besoin et le plus rapidement possible, puis introduits dans une cornue, avec de l'eau distillée, s'ils ne sont pas liquides. La cornue est munie d'un tube, qui vient plonger dans une solution d'azotate d'argent. L'appareil ainsi disposé, on procède à la distillation, en chauffant la cornue au bain-marie, tant qu'il se forme un précipité blanc, cailleboté dans la solution d'azotate d'argent. Ce précipité est jeté sur un petit filtre, lavé avec soin à l'eau distillée, puis desséché parfaitement.

Le précipité ainsi obtenu doit être soluble dans l'ammoniaque, insoluble dans l'acide azotique à froid, mais soluble dans cet acide bouillant. Il doit de plus présenter les réactions suivantes :

Une portion soumise à l'action de la chaleur, dans un petit tube effilé, doit donner lieu à un dégagement de gaz cyanogène, remarquable à son odeur et à la couleur pourpre de sa flamme.

D'après M. O. Henry, le précipité soumis à l'ébullition, avec la moitié de son poids environ de chlorure de sodium ou de potassium, donne une liqueur qui, chauffée avec le précipité obtenu, en versant de l'ammoniaque dans une solution de sulfate de protoxyde de fer, peut, après filtration, donner du bleu de Prusse avec un sel de sesquioxyde de fer.

M. Lassaigne conseille encore de chauffer le cyanure d'argent avec un fragment de potassium jusqu'au rouge : on laisse refroidir, et l'on reprend par l'eau. La liqueur filtrée donne, avec du sulfate de protoxyde et de sesquioxyde de fer, et quelques gouttes d'acide chlorhydrique, un précipité de bleu de Prusse.

Le précipité chauffé avec du soufre jusqu'à fusion et le résidu repris par l'eau, donne une liqueur colorant en rouge les sels de sesquioxyde de fer. Ce procédé est très-sensible et m'a réussi dans certains cas où le procédé de M. Henry ne me paraissait pas suffisamment décisif.

MM. O. Henry et Humbert ont indiqué un procédé très-ingénieux, fondé sur la volatilité de l'iodure de cyanogène, et sa facile condensation en belles aiguilles prismatiques. Le précipité est introduit dans un tube étroit au fond duquel se trouvent quelques fragments d'iode. On place sur ces deux corps un peu de carbonate de potasse ou de soude et l'on chauffe légèrement. Sous l'influence de la chaleur et de l'iode, le cyanure d'argent, s'il y en a, est décomposé, le cyanogène s'unit à l'iode pour former de l'iodure de cyanogène, qui vient se déposer en belles aiguilles cristallines dans la partie supérieure et effilée du tube. Il est même bon de souder un autre tube à cette partie effilée, afin d'avoir plus de facilité pour vérifier la grande volatilité du produit obtenu.

Le brome pourrait être substitué à l'iode, il en résulterait alors un produit beaucoup plus volatile.

Toutes ces réactions sont caractéristiques, cependant il faut autant que possible ne pas s'en rapporter à une seule, mais les produire successivement.

Il peut arriver que l'acide cyanhydrique, ingéré à l'état libre, ait été transformé en cyanhydrate d'ammoniaque, par suite d'un commencement de décomposition des matières organiques. Ce sel étant très-volatil, peut, par la distillation, fournir aussi un précipité de cyanure d'argent ; il faut donc alors rechercher la présence de l'ammoniaque.

Dans ce but, on additionne le cyanure d'argent de quelques gouttes d'acide sulfurique, on évapore à une douce chaleur dans un tube, puis on y fait tomber un fragment de potasse caustique, en évitant qu'il touche la paroi du tube : chauffant ensuite légèrement, l'ammoniaque est mise en liberté et peut être manifestée par un papier rouge de tournesol, placé dans la partie supérieure du tube.

Si, par la distillation, on n'avait obtenu aucun précipité dans la solution d'azotate d'argent, il ne faudrait pas en conclure pour cela l'absence des composés cyaniques : ce serait seulement une preuve que l'acide cyanhydrique ne serait pas à l'état libre. Alors, on introduit dans la cornue quelques grammes d'acide tartrique, et l'on continue la distillation. S'il y a des cyanures, ils sont décomposés par cet acide, et l'acide, cyanhydrique, mis en liberté, se volatilise et vient précipiter la dissolution d'azotate d'argent, comme dans les cas précédents.

Les anomalies que présente le cyanure de mercure ne permettent pas de retrouver ce corps par les procédés ordinaires. Il faut dans ce cas traiter les matières à analyser par l'eau distillée, puis faire passer dans la liqueur filtrée un courant d'acide sulfhydrique. Le mercure est de cette manière précipité à l'état de sulfure, tandis que le cyanogène, converti en acide cyanhydrique, se trouve dans la liqueur, avec un léger excès d'acide sulfhydrique. On filtre, et, dans la liqueur filtrée, on verse une solution d'azotate d'argent, jusqu'à cessation de précipité. Ce précipité, qui est composé de cyanure et de sulfure d'argent, est jeté sur un filtre, lavé avec soin à l'eau distillée, puis traité par une solution étendue d'ammoniaque, qui dissout le cyanure d'argent et laisse le sulfure. Cette solution ammoniacale de cyanure d'argent, neutralisée par un acide, abandonne ce cyanure que l'on recueille sur un filtre, et sur lequel on peut rechercher le cyanogène.

Pour isoler le mercure de son sulfure, il n'y aurait qu'à traiter ce dernier par le procédé de M. Personne.

Antidotes. — L'action de l'acide cyanhydrique sur l'économie animale ferait supposer que l'emploi des antispasmodiques, des calmants, serait le plus sûr moyen de combattre les effets de cet acide. Les excitants, les révulsifs, se présentent encore naturellement à l'esprit ; mais aucun de ces moyens n'a réussi, sur sept épileptiques de l'hospice de Bicêtre, empoisonnés par cet acide.

Il vaut mieux alors chercher à neutraliser chimiquement l'acide cyanhydrique.

L'ammoniaque, le chlore, sont les corps qui conviennent le mieux pour cela. De simples aspirations de ces gaz suffisent généralement, mais peut-être vaut-il mieux faire prendre leur solution très-étendue. Un moyen plus sûr encore que tous ceux-là, consiste à donner au sujet d'abord une solution de carbonate de potasse, puis une solution de sulfate de protoxyde et de sesquioxyde de fer. On donne ainsi naissance à du bleu de Prusse, qui est insoluble et sans action nuisible sur l'économie.

Malgré l'efficacité de ces moyens, il serait encore imprudent de s'arrêter là. On doit, au contraire, se hâter de faire prendre un vomitif, pour débarrasser l'estomac, puis opérer la saignée de la jugulaire afin d'éviter les suites, souvent funestes, d'une congestion cérébrale. Les excitants, les révulsifs externes peuvent encore être d'un grand secours. Des expériences nombreuses ont été faites sur des chiens, et presque toujours des affusions d'eau froide, souvent répétées sur la tête, le long de la colonne vertébrale, ont suffi pour rappeler ces animaux à la vie.

Toutefois, l'action de l'acide cyanhydrique est si rapide qu'il est bien rare que le contre-poison soit administré à temps. Cependant M. Gautier de Claubry, pendant l'exercice de son professorat à l'École polytechnique, assure avoir, à l'aide de l'ammoniaque, sauvé un jeune homme que l'action de l'acide cyanhydrique avait comme foudroyé.

CYANURE FERROSO-FERRIQUE.

$Fe^7 Cy^9$, 9 HO.

En 1710, Diesbach, fabricant de Berlin, obtint ce corps en voulant précipiter, par du carbonate de potasse, une dissolution mixte de cochenille, d'alun et de sulfate de protoxyde de fer. Depuis, ce composé n'a cessé d'exercer la sagacité des savants.

Macquer, en 1752, le considéra comme une combinaison d'oxyde de fer avec une matière inflammable que la calcination changeait en ammoniaque et en charbon.

Cette opinion prévalut jusqu'en 1782, époque à laquelle Sheele parvint à isoler l'acide du bleu de Prusse, soupçonné déjà par Guyton et Bergmann.

Plus tard, en 1806, Proust démontra dans ce corps l'existence de l'oxyde de fer attirable à l'aimant, et en 1815, Gay-Lussac, dans son mémoire sur l'acide cyanhydrique, confirma l'idée de Proust sur l'absence de l'ammoniaque dans le bleu de Prusse qu'il regardait comme un hydrocyanate ou comme un cyanure. Ces deux hypothèses furent réunies en une seule, en 1819, par Robiquet, pour lequel tous les prussiates étaient formés d'un cyanure et d'un hydrocyanate.

En 1837, M. Chevreuil constata que le bleu de Prusse distillé dans le vide ne donne pas trace d'ammoniaque, mais fournit de l'eau et de l'acide cyanhydrique. Enfin, de nos jours, on donne au bleu de Prusse la composition élémentaire suivante : $Fe^7 Cy^9$, 9 HO.

Constitution. — Les chimistes ne sont pas encore d'accord sur la constitution de ce corps, les uns, avec Berzélius, le considèrent comme un cyanure double formé par la combinaison du protocyanure de fer avec le percyanure, et lui donnent pour symbole 3 (Fe Cy), 2 (Fe² Cy³). D'autres veulent voir dans ce composé le radical ferrocyanogène, et pour expliquer son rôle de corps biatomique, ils admettent que, dans ce cas, l'équivalent du fer n'est plus 29, mais bien 19,2 et lui donnent un nom spécial *ferricum* avec le symbole particulier Fe β. Ainsi modifiée, la composition du bleu de Prusse se prête très-bien aux phénomènes de substitution des groupements moléculaires, et le bleu de Prusse n'est plus un cyanure double, mais un ferrocyanure de ferricum analogue au ferrocyanure de potassium ou au ferrocyanure d'hydrogène.

$$H^2, FeCy^3 \qquad (Fe^2 \beta, FeCy^3)^3$$

La théorie atomique le considère aussi comme un ferrocyanure de fer Fe⁴ (Fe Cy³)³ correspondant au chlorure de fer Fe² Cl³. Elle explique, par la nature biatomique du ferrocyanogène, les deux équivalents de fer que le bleu de Prusse contient en plus. De ces trois hypothèses, la dernière est la plus admissible, parce qu'elle rend mieux compte des réactions qui s'opèrent quand on traite le bleu de Prusse par l'acide chlorhydrique ou les alcalis.

$$Fe^4 (FeCy^3)^3 + 6 (HCl) = 2 (Fe^2Cl^3) + 3 (H^2FeCy^3)$$
$$Fe^4 (FeCy^3) + 3 (KO,HO) = 2 (Fe^2O^3) + 3 (K^2FeCy^3) + 6 (HO).$$

Propriétés physiques et chimiques. — Le bleu de Prusse, nommé encore bleu de Berlin, cyanure ferroso-ferrique, prussiate de fer, ferrocyanide de fer, etc., est une substance solide, insoluble dans l'eau, sans saveur, se présentant sous l'aspect d'une masse légère et poreuse, d'un beau bleu foncé quand il a été desséché à l'air, à la température ordinaire, et d'un rouge cuivré s'il a été desséché à une température plus élevée. Il n'est pas vénéneux. Malgré son insolubilité dans l'eau, le bleu de Prusse retient ce liquide avec une telle opiniâtreté, que Berzélius avait émis l'idée que ce corps, parfaitement desséché, pourrait opérer la congélation de l'eau dans le vide.

Le bleu de Prusse peut supporter une température de 150° environ, sans se décomposer, mais à une température plus élevée il fournit à la distillation de l'eau, du carbonate, du cyanhydrate d'ammoniaque et un résidu noir de carbure de fer. Parfaitement desséché, le bleu de Prusse s'allume au contact d'un corps en ignition, et continue à brûler de lui-même en se transformant en carbonate d'ammoniaque et en sesquioxyde de fer.

La lumière exerce une action réductive sur ce corps. M. Chevreul a fait la remarque que du bleu de Prusse ou des tissus teints en bleu avec ce produit perdent de leur éclat sous l'influence de la lumière solaire et qu'il y a dégagement de cyanogène. A l'obscurité, cette décomposition n'a plus lieu, mais par un phénomène, non pas inverse, puisqu'il n'y a pas absorption de cyanogène, le bleu de Prusse ainsi affaibli absorbe de l'oxygène, acquiert sa couleur bleue primitive et se transforme en bleu de Prusse basique.

Le chlore, l'acide sulfhydrique, la limaille de fer en présence de l'eau, altèrent également la teinte du bleu de Prusse et peuvent même le décolorer complétement. Si, dans cet état, on l'abandonne à l'air, ou si on le soumet à l'action de corps oxydants, comme les sulfites et nitrites alcalins, l'acide sulfureux, le protochlorure d'étain, etc., il reprend aussitôt sa belle couleur bleue.

L'acide azotique communique au bleu de Prusse une teinte rouge foncée cuivrée et peut même le décomposer complétement.

L'acide sulfurique le transforme en une matière semblable à de la colle d'amidon, et qui, séchée sur une brique, laisse une poudre blanche, amorphe, à laquelle l'eau communique une belle teinte bleue en s'emparant de l'acide. Il est probable que, dans ce cas, le bleu de Prusse se comporte avec l'acide sulfurique comme le fait le cyanure de mercure.

L'acide oxalique dissout le bleu de Prusse, propriété qui a été utilisée pour la fabrication de l'encre bleue.

Les dissolutions alcalines bouillantes, les oxydes alcalins terreux, l'ammoniaque le décomposent. Il se forme des cyanoferrures
et du sesquioxyde de fer.

$$FeCy^3, 2 Fe^2Cy^3 + 6 KO,HO = 2 Fe^2O^3 + (K^2Cy^3Fe)^2.$$

L'oxyde rouge de mercure décompose aussi le bleu de Prusse.
Il en résulte du cyanure de mercure et de l'oxyde ferroso-ferrique. M. Mouthiers, qni a étudié avec soin l'action de l'ammoniaque sur le bleu de Prusse, a trouvé que ces corps pouvaient se
combiner ensemble et donner lieu à un composé bleu ayant pour
formule $(Fe\ Cy)^3 (Fe^2\ Cy^2)^2 (Az\ H^3)^3$ 9 HO.

Ce corps présente toutes les réactions ordinaires du bleu de
Prusse, mais il en diffère en ce qu'il n'est attaquable ni à froid ni
à chaud par le tartrate d'ammoniaque.

Ce sel possède en effet la propriété de dissoudre le bleu de Prusse
à froid en donnant une liqueur violette.

Traité par l'acide tartrique seul, le bleu de Prusse n'éprouve
aucune modification, mais en y ajoutant de l'ammoniaque, il devient successivement violet, pourpre, améthyste, rose, rose pâle et
blanc. Ainsi modifié, on le ramène à sa teinte primitive par une
addition nouvelle d'acide tartrique.

Lorsqu'on fait bouillir dans de l'eau un mélange intime de
4 parties d'amidon et 1 partie de bleu de Prusse, la liqueur, même
avant l'ébullition, devient verte, puis brune, et abandonne un précipité que les acides ne peuvent plus ramener au bleu, ce qui
prouve qu'il ne contient point de bleu de Prusse. La liqueur,
traitée par une dissolution de sulfate de fer, mêlée avec partie
égale d'une dissolution de chlore, donne un très-beau bleu de
Prusse.

Si on examine ce qu'est devenu l'amidon, on voit qu'il a changé
de nature, car la liqueur ne possède plus la propriété de se prendre en gelée par l'évaporation, mais elle donne une colle, qui se

dessèche à l'air et peut se dissoudre facilement dans l'eau, comme le ferait la gomme.

Telles sont les propriétés du bleu de Prusse ordinaire.

En parlant de l'action de la lumière sur le bleu de Prusse ordinaire, nous avons dit qu'il se formait du bleu de Prusse basique; on nomme ainsi le produit que l'on obtient en versant une dissolution de sulfate de protoxyde de fer, dans une dissolution de cyanure jaune en excès. Il se forme tout d'abord un précipité blanc de cyanure ferreux qui, abandonné à l'air, prend une belle teinte bleue. Une partie du cyanure ferreux est décomposée. L'oxygène de l'air se porte sur le fer, tandis que le cyanogène rendu libre, transforme une autre partie du cyanure ferreux en cyanure ferrique, de là formation de bleu de Prusse basique.

$$9 \, FeCy + O^3 = 3 \, FeCy, \, 2 \, Fe^2Cy^3, \, Fe^2O^3.$$

Il est soluble dans l'eau et dans l'alcool pur. Cette solution, évaporée à siccité, donne un résidu conservant encore toutes les propriétés du bleu de Prusse basique. L'acide chlorhydrique précipite ce sel de sa dissolution sans lui faire perdre sa solubilité.

Lorsqu'on verse un sel ferrique dans une solution de cyanure jaune, que l'on a soin d'entretenir en excès, on obtient encore un bleu de Prusse soluble dans l'eau pure, mais différant du bleu de Prusse basique par son insolubilité dans l'alcool. C'est le *bleu de Prusse soluble*.

Il a pour formule : $3(Fe \, Cy), 2(Fe^2 \, Cy^3), (K^2 \, Fe \, Cy^3)$.

Il existe encore un autre bleu de Prusse, que l'on appelle *bleu de Turnbull*. Il s'obtient en précipitant un sel de protoxyde de fer, par le cyanure rouge de potassium : c'est un ferrocyanure de fer $Fe^3 \, Cy^6 \, Fe^2$.

PRÉPARATION.

1° *Procédé du codex.* La préparation du bleu de Prusse par le procédé du codex est basée sur la réaction suivante :

$$2 (Fe^2Cl^3) + (2 KCy, FeCy)^3 = 6 KCl + 3 (FeCy), 2 (Fe^2Cy^3).$$

On dissout les deux sels séparément et l'on verse la dissolution de cyanoferrure de potassium dans la dissolution de perchlorure de fer, que l'on a toujours soin de maintenir en excès. Il se fait aussitôt un précipité d'un très-beau bleu, qu'il ne reste plus qu'à jeter sur un filtre, puis à laver à l'eau distillée, pour enlever le chlorure de potassium dont il est imbibé, et le perchlorure de fer en excès. On le dessèche ensuite à l'étuve.

2° *Procédé de l'industrie.* Le procédé suivi dans l'industrie pour la préparation en grand du bleu de Prusse, consiste à calciner dans des creusets de fonte un mélange de 10 parties de sang desséché ou toute autre matière animale avec 1 partie de potasse en solution concentrée, et 1/10 environ de battitures de fer. Quand il ne se dégage plus de gaz inflammables, on donne un bon coup de feu pour que la matière éprouve un commencement de fusion. On la projette alors dans une chaudière en fonte, contenant de l'eau froide et que l'on soumet ensuite à la chaleur, on passe la liqueur, on filtre et on lessive de nouveau le marc. Après plusieurs lessives successives, les liqueurs réunies sont abandonnées à l'air jusqu'à ce qu'elles ne précipitent plus en noir avec les sels de plomb, par les sulfures qui se sont formés pendant la calcination. Il ne reste plus ensuite qu'à ajouter aux liqueurs, pour 1 partie de potasse employée, 3 parties d'alun et 1 de sulfate de protoxyde de fer en dissolution dans de l'eau acidulée avec de l'acide azotique; on agite en même temps avec un bâton et il se fait un précipité d'un beau bleu qu'on sépare du liquide par décantation.

Le précipité lavé avec soin, jusqu'à ce que les eaux de lavage

ne précipitent plus par l'ammoniaque, est soumis à la presse, séché, puis divisé en pains carrés pour être livré au commerce.

Le bleu de Prusse, ainsi obtenu, est loin d'être pur, car il contient toujours une certaine quantité d'alumine qui a été précipitée
par la potasse en excès. Beaucoup d'auteurs prétendent que l'alumine s'y trouve à l'état libre, mais comme il existe un cyanure
double d'aluminium et de fer ayant pour formule 3 Fe Cy, 2 Al² Cy³,
il pourrait bien se faire qu'elle y fût sous cet état. Ce qui le ferait
croire, c'est que le bleu de Prusse du commerce n'est pas altéré
dans sa teinte, en proportion de l'alumine qu'il contient très-
souvent.

On pourrait éviter l'emploi de l'alun, mais alors comme une
partie du fer pourrait être précipitée à l'état d'oxyde par la potasse en excès, il faudrait reprendre ensuite le bleu de Prusse par
l'acide chlorhydrique étendu pour lui enlever cet oxyde.

Usages. — Le bleu de Prusse a été employé en médecine comme
fébrifuge et contre les névroses, à la dose de quelques décigram-
mes. Les fabricants de papiers peints, les peintres en bâtiments,
la peinture à l'huile, en consomment d'assez grandes quantités. La
teinture même lui est redevable de cette belle teinte bleue connue
sous le nom de *bleu Raymond* qu'il communique à la soie.

Falsifications. — Le bleu de Prusse, en outre de l'alumine provenant de sa préparation, contient encore d'autres matières étrangères, comme l'amidon, le carbonate et le sulfate de chaux, que
l'on ajoute souvent pour en augmenter le poids.

L'alumine se reconnaît en la transformant d'abord en aluminate
de potasse, par la calcination du bleu de Prusse, et traitement du
résidu par deux fois son poids de potasse, dans un creuset d'argent. L'aluminate de potasse est ensuite dissous dans l'eau, puis
la solution traitée par les acides laisse précipiter l'alumine. Cette
base calcinée avec du nitrate de cobalt, se reconnaîtra facilement
à la belle couleur bleue du produit.

CPSIA information can be obtained
at www.ICGtesting.com
Printed in the USA
LVHW101050140223
739388LV00003B/43